글벗시선 205 이지아 두 번째 시집

첫 느낌

이지아 시집

시인의 말

두 번째 시집을 출간하며

첫 느낌!
낙엽이 지는 가을에 기쁜 소식
두 번째 시집『첫 느낌』 시집을 내놓고 독자와 만나게 되니 지난 시절이 생각납니다.

암탉이 병아리를 부화시키기 위하여 둥지에서 21일 동안 알을 품고 꼼짝도 하지 않고 생명을 탄생시키는 데에 어미로서 정성을 들였습니다.
두 번째 시집『첫 느낌』을 세상에 내어놓으며 알토란 같은 시집이 되도록 심혈을 기울였다고 자부하지만, 시인으로서 필력(筆歷)이 일천(日淺)하여 부족함이 많을 그것으로 생각합니다. 열심히 정진하여 새로운 모습으로 만날 것을 기대합니다. 저를 아껴주시는 모든 분께 감사의 말씀을 드립니다.

첫 느낌

이지아 작사, 강희 작곡

그대를 만나던 그날
첫 느낌이 왠지 좋았어
인연일까 운명일까
설레는 이 마음

말 못 하는 이 순정
너무 부끄러워
눈을 감아도 떠오르는 그 얼굴
보고있어도 멀리 있어도
언제나 함께이지만
그날의 첫 느낌은
이내 가슴에
사랑의 꽃을 피웠어요

- 2023년 가을날에 시인 柔炡 이지아 올림

차 례

제1부 오봉산의 봄

제2부 엄마 구두

제3부 보고 싶은 얼굴

제4부 장밋빛 사랑

제5부 엄마의 노래

■ 서평

제1부

오봉산의 봄

설렘

찬 눈보라 속에서
방울방울 맺힌
핑크빛 천사야

널 바라보아도
보고 있어도
싱그러운 너의 모습

어려운 역경 속에서
꿋꿋하고 당당하게
핀 그대 모습

손대면
터질 것 같은
봄 처녀 설렌 가슴

연 분홍색 사랑이
넘치는 봄날에
내가 사랑해도 되겠니

여정의 길

사랑이 머무는 거리에
전봇대 친구하고
전깃줄 따라 떠나는 여행길

새벽을 가르며
서서히 밝아오는
동쪽 하늘에 붉게 물든
고요한 아침

희뿌연 하늘 아래
사방이 산으로 둘러싸인
굴뚝엔 연기가
모락모락 피어오르고

숲속에 나무와 새들도
부스스 잠에서 깨어나
떼지어 날아다니고

가로등 하나둘 잠이 든 시간
붉은색 초록색 번갈아 켜는
신호등만 방긋방긋 웃는다

푸른 초원

봄의 조각들이
푸른 초원에 살며시 내려앉으니

새싹들도 고개를 들어
두 눈 비비며 기지개를 켜고
마중 나와서 반겨주고

돌 틈 사이에 돌나물도
반기면서 눈웃음 지으며
다정하게 속삭이네

봄기운 마중 나온
아지랑이 하늘하늘 피어오르고

계곡에는 맑은 물소리
아름답게 들려오는데

연둣빛 축축 늘어진 수양버들
바람에 흔들흔들 춤추는
생기 돋아나는 아름다움
가득한 이쁜 봄봄

봄 사랑

봄 향기 강을 건너
뜰 아래 다가와서
창가에 서성인다

화사한 봄기운에
산천에 아지랑이 꽃
아른거리다 피었네

돌틈 사이 초록 새싹들
오손도손 담소 나누며
웃음꽃 피네

오봉산의 봄

잔설이 남아있던
오봉산 돌 틈 사이
새봄이 오나 봐요
싱그런 새싹들이
고개를 쏙 내밀면서
화사하게 웃는다

분홍색 매화꽃이
새봄에 달려오고
내리는 아침이슬
꽃잎에 대롱대롱
영롱한 이슬방울이
보석처럼 빛난다

봄 처녀

비 온 뒤 맑은 햇살
저 멀리
아지랑이 무지개 타고
산들산들 봄바람에

축축 늘어진 수양버들
연둣빛 긴 머리 풀고
리듬에 맞춰
춤을 추지요

작은 연못에
예쁜 잉어들의 속삭임 들리는 듯
왔다 갔다 분주해요

회색 담장 넘어
빨간 장미 한 송이
외롭게 서서
밝은 미소 짓지요
어서 오라고

선인장

어여쁜 천년초
자신을 지키기 위해
돋아난 가시인가

하나의 꽃을 피우기 위해
오랜 세월 뙤약볕에 몸을 지키고
아름다운 꽃을 피우듯
삶이 모진 풍파 어려운 역경을 딛고
살아가는 방법이 가지각색일진대
살다 보면 억울한 일도 있고
가슴 아파 울기도 하지만
행복이 별거인가요
웃으면 행복이지

잠시 머물다 가는 인생살이
비우고 채우면서
상처를 남기지 말고
아낌없이 주는 선인장처럼
흐르는 물처럼
즐겁게 살아가 보자

장미꽃

붉은 노을을 닮은
아름다운 장미꽃
서산에 지는 예쁜 해님

저 산 넘어 내 고향
별이 되신
보고 싶고 그리운
우리 아버지 생각에
눈물이 난다.

무 유채꽃

붉은 노을빛 물드는
봄바람에 살랑살랑
휘날리는 꽃잎 아씨

새하얀 무꽃 송이
노란 유채꽃 애기씨

옹기종기 모여든
꽃들의 향연
들판 가득히 잔잔하게
들려오는 꽃들의 웃음소리

다닥다닥 귓전을 두드리고
이름 모를 꽃들도
놀러 와서 함께 노래 부른다

멀리 해님의 웃음소리 들린다

호접란

겨울이 지나고 봄이 오니
어린 새싹으로 돋아나서

싱그럽고 눈부신
푸른빛을 보여주니

한참을 들여다보고 있어도
예쁘고 사랑스럽구나

거름이 되어서 흙 내음 맡으면
웃음꽃으로 활짝 피어나서

가지에 새들이 노래하고
바람이 연주한다

밝은 세상의 빛이 되어
자기 몫을 다하는 너는 참 예쁘다

너를 만난 나는 행복한
마음에 젖는다

해맞이

새해 아침 맞이하는
수평선 저 멀리 붉게 물들더니
금방 찬란하게 떠오르는 태양님

금빛 물결 출렁이는 푸른 바다
세찬 바람이 큰 바위 부딪치는 파도 소리

행복한 고운 노래 부르고
모래에 입맞춤하며
하얀 거품 남기고 잔잔하게 밀려가는데
아름답고 평화로운 맑은 물속에
밀려오는 해초의 싱그러움

위대함 앞에 고개 숙여 소원을 빌며
2023년 멋진 날
두 손 모아 기대하지요

사랑하는 고운 임들
새해 복(福) 많이 받으세요.

차 한 잔의 여유

해님도 포근히 감싸주고
파란 하늘에 흰 구름만
뭉게뭉게 흘러가네

창밖으로 보이는 가로수 바람에
흔들흔들 춤추는데
기다리는 사람 오지 않고

아무도 없는 적막이 흐르는
작은 공간에 홀로 앉은
이름 없는 시인은
차 한잔을 마시며
여유로운 행복감에 젖어 든다

제주 나들이

눈부신 고운 빛
파란 하늘

솜털 구름 속에
하얀 눈 꽃잎은
사랑을 속삭이고

저 멀리 외로운 섬 비양도
숨어 있는 하얀 그리움 하나

검푸른 파도가
물결 되어 수 없이 휘돌아
바위에 부딪히며 간지럽히니

바다가 웃고
하늘은 배꼽 잡고 웃네

수평선 넘어 갈매기 떼
춤추며 노래하네

아침 산책

마지막 길에
겨울 찬바람 옷깃을 스치고

바람과 구름이
지나가는 거리 여울목에
흰머리 풀어놓는다

울부짖는 갈대들의
통곡 소리 들린다

하늘은 화창한데
바스락거리는 낙엽을 밟는다
행복감에 젖는다

햇살에 빛나는 윤슬은
살며시 미소를 짓고 나를 반긴다

두 팔 벌려 맞는 봄바람에
실려 오는 봄 내음이 코끝에 스치는
바람이 봄이 왔노라고 말한다

봄소식

겨울의 끝자락에 선 등나무 아래
언제나 그 자리에 서서
봄소식을 알려 주듯이
반짝반짝 빛나고 있네

햇살이 머무는 가지 위에
새 두 마리 다정하게 지저귀고
봄날을 구경하러 고개 내민 새싹들
기지개를 켜네

먼 산엔 아지랑이 피어나고
해님도 따사한 미소 지으며
나에게 윙크하네

파릇파릇한 싱그러움으로 피어나는
초롱초롱한 눈빛에 실려
눈길 닿는 곳마다
행복으로 다가오네

봄 마중

산기슭 여기저기
잔설이 남아있고
파란 하늘에
불어주는 잎샘 바람

산골짜기
양지바른 언덕 위에
쭉쭉 뻗은 흰 수피
자작나무 숲에 자태를 뽐내듯
나란히 줄지어 서 있고

굽이마다 돌고 돌아
예쁜 오솔길엔
진달래 개나리 웃으며
나를 반기네

하늘에 한 조각
그림 같은 무지갯빛
살포시 깔아두고

산 중턱 바위틈 사이에

새싹들이 신선한 초록으로
예쁘게 수를 놓으며
방긋방긋 웃는데

아지랑이 실려 오는
봄바람에 피어나는
꽃들의 향연

지난날 옛 추억에
그리움이 물드는 봄

마지막 잎새

그 시절 푸르던 잎
어느새 낙엽 지고
매서운 찬바람에
행여나 떨어질까
가슴을 쓸어내리며
애간장 녹는구나

기나긴 겨울밤에
스치는 잎새 하나
가지에 대롱대롱
옴팡지게 매달려서
이별을 아쉬워하며
눈물을 쏟는구나.

겨울 나라

눈송이 꽃잎처럼
사뿐히 내려앉아
앙상한 가지 위에
새하얀 송이송이
피어난 하늘 선녀여
백설화라 부르네

꿈속에 나타나서
내 마음 훔쳐 가던
하얀색 하늘 설녀
사뿐히 훨훨 날아
그녀는 백설 공주여
내 가슴 속 남았네

가을 사랑

빨간 단풍이
어우러지는 고운 빛깔
노란 국화꽃 향기

그윽한 가을 들녘
스치는 바람 소리
고운 선율 따라
그리움 하나 핀다

불어오는 실바람 벗 삼아
앙상한 가지에
대롱대롱 매달린
예쁜 은행잎에
고운 사연 적어서
편지를 쓴다

저녁노을 은은하게
물 들어가는 서쪽 하늘에
황혼빛이 다가온다

제2부

엄마 구두

가로등 불빛 아래

저 높은 곳에서
서로 이야기 나누듯이
반짝반짝 빛나는 별

어두운 밤하늘에
수를 놓으며
아름답게 장식하네

수정처럼 빛나는 별똥별
급하게 가로질러 떠남은
무엇 때문일까

임의 소식이려나
밤하늘의 북두칠성
보이지 않아 애타는 이 마음

깊은 밤 희미한 빛에
졸고 있는 가로등
오늘도 나 여기에
홀로 쓸쓸히 서 있네
그대 별똥별을 바라보며

황금 소나무

엄마 아빠가
너희를 세상에 태어나게 한 날
하늘에 영광이 해맑은
세상을 열며 영롱한 보석을 얻었지

세상에 태어나 울음소리
우렁찬 장군감이었더니
자랑하는 행복에 젖을 때엔
예쁘던 세 살이 되고
방긋방긋 웃으며 아장아장
엄마에게 달려오던 재롱둥이
그 표정 잊을 수가 없구나

그때 엄마는 세상을 다 얻었지
세상 꽃이 제아무리 예뻐도
너희 둘보다 더 예쁠까

초롱초롱한 해맑은 미소
수정처럼 빛나던 눈동자
눈웃음 지으며 활짝 웃던 애교쟁이
그때는 참 행복했지

세상을 살면서 고기 잡는 법
살아가는 방법을 가르쳐야 했는데
잡아주기만 했다는 생각이 스치듯 지나가네

너희들 덕분에 웃고
가끔은 울던 때가 어제 같은데
벌써 참 좋은 인연의 반쪽
하늘이 내려주신
선녀와 나무꾼으로 만나 결혼하고
원앙금침 보금자리를 꾸며서
아버지가 되었구나
그 기쁨 말로는 표현할 수가
없을 만큼 기쁘고 행복하지만
세상살이 꽃길만 있으면 얼마나 좋을까

힘들고 지쳐도 살만한 세상
그 무엇과 바꿀 수 없는
자랑스러운 황금 소나무

예쁜 가정이란 테두리 안에서
오손도손 살면서 서로 아껴주고
보살펴 주는 사랑꾼으로
훌륭한 남편, 자상한 아버지로
가문에 빛이 되는 책임을 잊지 말고
세상에 보람된 생활인이 되길 바란다.

홍매화

아지랑이 너울너울
춤추는 봄날
핏빛 사랑스러운 홍매화
꽃망울 톡톡 터트리며
곱디고운 애기씨 같은 고운 자태
싱그러움 머금고

웃음꽃 피우며
새록새록 솟아나는
한 조각 그리움이어라
솔솔 부는 봄바람에
그윽한 향기 날리며

상큼한 그 향기 맞으며
시인은 마음 걸어두고
잔잔한 미소 띄운다.

행복

유리창에 찬란하게
빛나는 아침 햇살이
눈부셔 마음을
흠뻑 빼앗기고 있을 때

가로수 사이사이
해님이 마중 나와
활짝 웃으며 속삭인다

오늘은 더 멋진 날
행복이 가득할 거라고

행복 그리고

저 멀리 산마루 한티재
아름다운 등대 불빛
캄캄한 새벽하늘
어둠을 뚫고 여기저기
수많은 불꽃의 향연

하늘빛 희뿌연 자태를 뽐내고
아무도 다니지 않는 길
우거진 숲 나무들 사이로
찬바람 노랫소리 들리고
지나가는 차들의 반가움 속에
아쉬움 남기네

길 잃은 나그네들님 벗 되어
반짝반짝 빛나네
동쪽 하늘 서서히 붉게 물든다

빨리 예쁜 해님 보고 싶어
시인의 마음이 달려가는
팔공산 예쁜 터널 안은
오늘도 행복으로 물든다.

팔공산

천년을 이어온 신라의 정기를 받은
고려의 개국공신 8명을 기리기 위해
팔공산이라 부르게 되니
신라 시대 김유신 장군이 삼국통일 구상하고
수행했던 상서로운 팔공산이여

팔공의 개국공신 기개를 지닌
웅장하고 위엄을 품고
하늘의 상서로운 기운을 받아
사통팔달 감싸 안고 우뚝 솟네

번영의 광야로 줄달음쳐 뻗어가는 기세
천년의 신라가 화려하게 삼국통일을 이끌어
역사의 꽃을 피워 유유히 흐르고
오늘도 살아 숨 쉬며 현대에 꽃 피웠다

세세연년 유구한 역사를 이어
대대손손 그 융성을 지켜주는 팔공산은
오늘도 나를 부르는데
개국의 팔공이시여
끈끈이 이어져 온 신라의 기상을
이 땅에 펼쳐가는 팔공산을 그리세

가을 들녘

황금빛 가을 들녘
스치는 고운 선율 따라
떠오른 그리움 하나

빨간 단풍이 어우러지는
고운 빛깔 노란 은행잎

불어오는 실바람 결에
대롱대롱 매달린 채

노란 꿈 그리움 담아
잎새에 써 내려간 긴 사연
하늘 높이 띄운다

서산엔 숨어드는
태양이 선심 쓰듯
황금빛 저녁노을을 그렸네.

코스모스

코스모스 꽃길 따라
미로 속에 시원한 바람이 불어오고

솜털 구름 꽃구름
둥실둥실 떠다니는 가을 하늘

바람에 흔들리는
톱니바퀴 모양을 닮은 고운 자태

수줍어 얼굴 붉히며
무지갯빛 행복으로 물든다

은은하게 빛나는 너무 아름다운
그 모습이 가슴속에 파고드네

그리움으로 젖어 젖어
가슴속에 피어나는 사랑

석양의 노을에 붉게 물든
애타는 이 마음

호박

씨앗 하나에서
싹이 나고 잎이 나고 꽃이 피고
줄기가 생겨 둥근 모양
탐스러운 호박의 자태

잎은 쪄서 쌈을 싸고
호박은 지지고 볶고
무엇 하나 버릴 것 없는 그대
온몸 바쳐 희생하는 그대여
그대 이름은 호박이지요

옛날엔 그대를 무척 싫어했지만
지금은 그대를 사랑한다오

핑크빛 사랑

눈부신 햇살 아래
곱디고운 절세미인
핑크빛으로 물든 꼬까옷 갈아입고
봄나들이 나왔네

산들산들 부는 바람에
휘어지는 가녀린 허리춤에
바람이 지나간 자리
해님이 활짝 웃으며 다가와
사랑한다고 속삭이네

봄 처녀 콩닥콩닥 뛰는 가슴
연기처럼 불타오르고
애꿎은 가슴
핑크빛 그리움 되어
꽃물결처럼 여울지고
가슴에는 사랑꽃이다

행복 나무

당당하게 선 그대
이름은 행복 나무

이슬 방울방울 맺힌
화살처럼 쭉쭉 뻗은 초록 잎새들

비바람이 몰아쳐도
꿋꿋하게 서서
당당하게 주렁주렁 매달려 있는

그대 얼굴 흘러내리는
눈물로 세수를 하고
하염없이 울고 있구나

빛나는 싱그러움
머금고 톡톡 터지는
풍성한 과즙들의 속삭임

노란 주머니 속에
알알이 맺힌 사랑이어라

지금은 그리움 되어
사무치게 그립구나

그대를 생각하며 가슴 설레고
행복으로 가슴 적신다

때가 되면 만날 수 있겠지
왜 사랑하니까

만날 날을 생각하며
벌써부터 기다림으로
입가에 야릇한 미소가 번진다.

입 벌린 명태

투박한 살결 안에
촉촉이 스며드는
뽀오얀 흰 살 명태
간장에 못 이겨서
흰 살이 야들야들한
술안주로 맛있네

찬 겨울 엄동설한
추위에 질려버려
비트는 아우성에
입 벌린 슬픈 운명
자기 몸 희생하면서
빨간 양념 바른다.

가슴 콕콕

– 작사 이지아, 작곡 강희

사랑, 사랑 우리의 사랑
꽃피는 우리의 사랑
남들 눈 생각 말고
아름다운 꽃 피워보자
나의 가슴 꼭꼭 찍어
도저히 감출 수 없어요
오늘도 어제처럼 설레는 마음
분홍빛 꽃망울 변하지 않았네
소중하고 예쁜 사랑 꽃
영원토록 활짝 피워요

좋다 좋아 우리의 사랑
꽃피는 우리의 사랑
눈치도 보지 말고
아름다운 꽃 피워보자
나의 가슴 콕콕 찍어
도저히 참을 수 없어요
오늘도 어제처럼 설레는 마음
분홍빛 꽃망울 변하지 않았네
소중하고 예쁜 사랑꽃
영원토록 활짝 피워요.

이팝나무

긴긴 세월 속에
기다리고 기리던
고목 가지 끝에 여기저기
몽실몽실 주렁주렁
매달린 이팝나무
꽃들의 향연 속에
백설로 활짝 핀
아름다움을 자랑하고

지나가던 바람의
질투로 흔들고 흔드니
꽃잎이 어지러워 떨어지며
이파리를 간지럽히네

수줍고 부끄러워
고개를 살짝 들고
파란 하늘을 바라보니
구름 한 점 없네

외롭게 덩그러니 서 있는
이팝나무 그늘 아래

아직도 꽃비가 내린다는
아름다운 이야기

시인의 마음
행복으로 가득 차고
그리움으로 물드네

엄마 구두

- 작시 이지아, 작곡 김남삼
- 노래 이예원(동성ELC 유치원)

울 엄마 빨간 구두
신호등 생각나요
빛나는 예쁜 구두
엄마는 빨간색 좋아해요
외출하는 엄마의 구두
사랑의 꽃 마음은
움직이는 신호등 같아요
선생님 같아요
예뻐서 엄마 몰래
살짝 신어 봤어요
퐁당 빠진 내 작은 발
빨간 풀장 같았어요
빨간색 엄마구두

엄마의 초록 구두
신호등 생각나요
싱그런 초록색도
엄마는 두 번째 좋아해요
외출하는 엄마의 구두
사랑의 꽃 마음은

움직이는 신호등 같아요
선생님 같아요
예뻐서 엄마 몰래
살짝 신어 봤어요
퐁당 빠진 내 작은 발
초록 풀장 같았어요
초록색 엄마 구두.

그리움

활짝 핀 그대 모습
보고 또 그리운데
꽃처럼 화사하던
나날들 사랑하다
떠나면 그만인가요
오지 않는 임이여

붙잡지 못한 마음
그리움 되더니만
긴 세월 지나가고
해 뜨면 찾아올까
달뜨면 돌아오려나
두 눈 꾹꾹 감아요

지나간 추억들이
내 마음 사로잡아
거울 앞 서성이며
선 여자 기다림에
그리움 휘감아 돌아
보고파서 웁니다.

사과

엄마가 시장에서 사과를 사 오셨어요
빨간 사과는 홍옥이라 부른데요
홍옥이 얼굴은 빨개요
홍옥이도 나 닮아서 부끄러운가 봐요

홍옥이는 화장을 좋아하나 봐요
싱크대 수돗물에 세수했어도
얼굴이 아직도 빨개요
얼굴을 보여주기 싫은가 봐요

엄마가 사과를 깎아요
홍옥이 얼굴이 노랗게 변했어요
새콤달콤 맛있는 향기
홍옥이가 향수를 뿌렸나 봐요.

두부가 좋아

엄마가 시장에서
사 온 두부
엄마의 얼굴처럼
부드러워요

손가락으로 콕콕
만지작만지작
미끌미끌 물렁물렁
내 장난감 같아요

뚝딱뚝딱 구수한 내음
된장국이 맛있어요

두부 먹고 몸도 튼튼
키도 쑥쑥

나는 나는
두부가 참 좋아요

백설의 나라

하얀 눈 소복 소북
내리는 따뜻한 곳
행복이 주렁주렁
그리움 쌓이는데
가슴에 활짝 핀 꽃잎
온 세상이 빛나네

사랑이 소리 없이
물드는 이내 가슴
환하게 비칠 때에
이 작은 가슴에도
기쁨의 노랫소리는
설렘이 남는다.

봄꽃

산길에 올라가는
봄 마중 가는 봄날

진달래 개나리꽃
날 보고 반기누나

내 마음 흔들어놓고
깔깔대고 웃는다

제3부

보고 싶은 얼굴

사랑꽃 활짝 피는 날

우리가 만나던 날
하늘이 웃어주며
해맑은 마음속에
우리를 축복했지
한솥에 밥을 먹었고
원앙금침 펼쳤지

평생을 보살피며
한마음 활짝 열고
사랑을 노래하는
어여쁜 내 임이여
세상이 끝날 때까지
그대만을 품으리

양파

까고 또 까보아도
끝이 안 보여요

벗겨도 벗겨도
숨길 게 많은가 봐요

비밀이 많은가 봐요
꼭 내 친구 같아요

겉에서 속까지
까도 까도 계속 나오는
비밀 많은 친구 같아요.

코로나

세상이 아파해요
세균이 무서워요
무서워 무서워요
어쩌면 좋을까요
호호호 불어줄까요
아파하지 말라고

엄마가 말하네요
세상이 아프다고
차들이 너무 많이
다녀서 아프다고
마스크 안 쓰는 세상
빨리 오길 빌어요.

추억의 조각들

별들이 반짝이는
밤하늘 깊어가고
화려한 불빛만이
허공에 떠도는데
청춘이 출렁이면서
밀물처럼 모이네

낭만을 노래하며
달리는 하늘길에
깊어만 가는 밤은
잠들다 고개 들어
서로가 맞장구치며
왁자지껄 떠드네

하나둘 헤어져 간
발걸음 흔적 따라
은은히 스며드는
새벽이 열리는 때
화려한 네온 불빛도
피곤해져 잠든다.

임이시여

동트는 새벽길에
오봉산 올랐더니
흰나비 나풀나풀
꽃 찾아 날아들고
샛노란 산수유 빛
화사한 봄날이오니
기쁨 속에 홍겹다

흰 구름 흘러가듯
그 임도 떠나더니
잔잔한 내 가슴에
설레는 마음 가득
꽃비가 내리는 봄날
향기 타고 오려나

오늘도 어제처럼
기다린 이내 마음
꽃잎은 시드는데
언제나 오시려나
그리워 애티는 마음
늦기 전에 오소서.

인연

부모는 자식들이
세상에 올 때 보고
자식은 부모님이
가시는 마지막 길
보면서 효도를 못 해
땅을 치고 운다네

어머니 뱃속에서
탯줄을 끊는 순간
자식과 부모인연
평생을 이어가는
천륜을 소중히 하며
사랑으로 보듬네

세상에 태어나는
부모와 자식 관계
혈연이 무엇인가
떼려야 뗄 수 없네
하늘이 준 것이라네
목숨 걸고 지켜라

예쁜 보조개

화창한 봄볕 쬐는
꽃밭에 향기 품어
흰나비 날아들고
세월에 변한 얼굴
젊은 날 흘러갔어도
여전하게 예쁘네

도도한 품위 갖춘
고결한 임의 자태
조각이 빗어내듯
한마디 할 때마다
빙긋이 웃음 지으면
하얀 치아 곱구나

거울 속 웃고 있는
중후한 여인이여
예쁘다 소문났던
미소는 떠나가고
핑크빛 도톰한 입술
보조개가 탐나네

봄의 여신

샛노란 꽃 한 송이
찻잔에 꽂아둔 채
보고 또 바라보니
마음이 즐거운데
봄 처녀 설레는 가슴
붕붕 뜨는 봄이다

이슬비 하염없이
풀잎에 내리더니
앉다가 떨어지다
웃음꽃 피어나고
저 멀리 아지랑이가
너울대며 춤춘다

복수초

한겨울 북풍한설
추위를 이겨내고

봄날을 맞이하는
노란 복수초 꽃

입춘이 함께하는 봄
새 생명을 피웠네

철학

운명이란
처음부터 타고나는 것

난생처음
철학이란 단어
삶과 죽음 앞에 몇 날 며칠
천국과 지옥을 넘나들며
말 한마디에 사람을 죽이고
살리는 중압감 눌려
가슴이 터질듯한
공포감에 시달리며 애써 잊으려고
발버둥 치고 있는 나날들

꼭 이루어질 것 같은
불안하고 초조함
무섭고 두려움
진짜가 아니길 바라며 잡을 수 없이
이리저리 흔들리는 마음

잠재우려고 애쓰는
자신이 바보 같은데

자식이기에
지금은 천사가 되어버린
세 살 어린아이 같은
사랑스러운 우리 어머니

그날이
아무 탈 없기를 기도하며
무사 평안
주님께 두 손 모아 빌고 빌어본다

잿빛 사랑

혼자 걷는
쓸쓸한 거리에
희미하게 보이는 한 사람

소리 없이
다가와
나를 유혹하는
그 사람

은은하고 달콤하게
우리 사랑 꽃피우고

사랑한다는
말 대신에
손가락에 실반지
끼워주며

살짝궁
미소를 띠며
사랑을 속삭일 때

쿵덕거리는
가슴에는
사랑이 일고

심장의
박동 소리
힘차게 커지는데

설레는 마음
가슴속에 숨겨두고

비가 내린다
안개 속에
꽃비가 내립니다

자판기 커피

딸가닥
동전 먹고 뱉어낸
자판기 커피
솔솔 피어오르는
갈색빛의 그리움

그대를 만지니
손끝이 따뜻해지고
온몸의
전율이 흐른다
그대의 향기에 취해
행복감에 젖어
설렘이고 코끝이 찡
오늘도
그대를 찾는다
내 사랑 커피

인생

인생길 험한 길에
우여곡절 많고 많지만
시련이 밀려와도
나는 나는 두렵지 않아
살다 보면 해 뜰 날 올 테니

이제는 아무것도 생각을 말자
빈손으로 왔다가 빈손으로
가는 것이 인생인 것을
이래도 한세상 저래도 한평생
노래에 인생 걸고 멋지게
아주 멋지게 살아갑시다.

어느 시골집 풍경

사계절이
아름다운 산기슭에
녹음이 짙어가는 계곡 사이로
맑은 물이 졸졸 흐르고
언덕 위에 파란 대문이 있는 집

마당이 있는 울타리
작은 꽃밭에 이름 모를 꽃들의 잔치
벽을 타고 올라가는
담장이와 담쟁이는
누가 누가 높이 오르나
경주하듯 타오르고

예쁜 새들도 놀러 와 노래 부르고
마당에 큰 개 한 마리 졸고 있는데
어미 닭과 병아리 숨바꼭질하느라
삐악삐악 분주하게 찾아다니고

소 마구간
예쁜 소는 여물을 먹으며
큰 눈만 깜박깜박

온종일 해만 바라보던 해바라기는
저무는 해를 보며 하루가 아쉬운 듯
짧은 여운을 남기고

서산에 기울어가는
저녁노을을 바라보며
주인은 또 다른 내일을 꿈꾸면서
곤히 잠이 든다.

소나무

푸른 소나무
적송의 고고한 자태
사시사철 푸르구나
늘 한자리에 서서
비가 오나 눈이 오나
태풍이 불어도 변함없이
초록 초록빛 싱그러움으로
푸른 가슴을 내어주네

발길 닿는 곳마다
연둣빛 그리움으로 물들고
메마른 대지는 목마른
그리움으로 타들어 가는데
하늘이 슬프게 울고 있네

물오른 솔잎은 좋아서
부는 바람에 흔들리고
뚝뚝 떨어지는 눈물 머금고
싱그러움으로 변하고
멋지게 서 있구나

서울역

가랑비 내리는
네온 빛 아래
밤 깊은 서울역

혼자 걷는 그대 걸음 따라
낙엽이 뒹구네

스쳐 가는 그에게
미소로 답했지만
한마디 말도 없이
울리던 기적 소리는
멀리 사라지고

그대가 머무른 대합실에
이별의 아쉬움이
허공에 사라지네

새 기분 멋진 이름

아버지가
주신 이름으로 살다가
새로 지어 바꾼 이름

그 이름 뭔 줄 아시나요?
알 지(知) 예쁠 아(娥)

지식도 많고
마음씨도
예쁜 여자랍니다

삶

행복한 나의 공간
마음의 여유로움
소중한 인연들과
담소를 나누면서
거울 속 비친 내 모습
중년 여인 멋지네

오늘도 변함없이
하루를 시작하며
잘사는 꿈을 키워
바쁘게 사는 인생
서산에 저무는 황혼
벗하자고 부르네

봄봄

봄기운 마중 나온
아지랑이 하늘하늘
봄의 조각들이
푸른 초원에 살며시 내려앉으니
새싹들도 고개 들고
두 눈 비비네

돌 틈 사이에 돌나물도
다정하게 반기며 눈웃음 짓고
계곡에는 맑은 물
해맑은 웃음소리
연둣빛
생기가 돋아나듯
축축 늘어진 수양버들
바람에 흔들흔들

기지개를 활짝 켜고
마중 나와 반겨주는
아름다움 가득한 봄봄.

보고 싶은 얼굴

노을 진 석양을
바라보며 만난 그날
커피 향에 스미듯 정든
내 마음 가져간 사람아

활짝 핀 꽃잎처럼
수많은 이야기는
숨어 우는 낙엽처럼
그리움 되어 흐르고
그대와 난
꼭 다시 만나야 할 사랑

고요하게 흐르는 강물에
내 마음 띄워두고
그리운 임 생각에 잠 못 드는
기나긴 겨울밤이 나를 슬프게 하네

실바람에 흔들리는 가슴이 울고
부서지는 추억에는 사랑이 우네

반짝이는 별들이

창가에 속삭이는 밤

그대를 그리는
내 마음에 슬픈 비가 내린다.

제4부

장밋빛 사랑

백설화

눈송이 꽃잎처럼
살포시 내려앉아
앙상한 가지 위에
새하얀 송이송이
그대는 하늘 선녀여
그 이름은 백 설화

꿈속에 나타나서
내 마음 훔쳐가던
사뿐히 훨훨 나는
하얀색 하늘 설녀
그녀는 백설 공주여
아름다운 내 사랑

멋진 내 사랑

생각만 해도
바라만 봐도 좋은 사람아
까르르 웃을 때는
너무 멋진 당신인데
오로지 당신뿐인
내 마음을 몰라주고
철없는 아이처럼
사랑의 조약돌만 던지는 사람아

당신을 알고
사랑을 그리움도 알았네
그 누가 뭐래도
나에겐 오로지 당신뿐인데
이러면 저러고 저러면 이러고
뽀드득거리는 당신이 미워 죽겠어

이런 내 마음 몰라주지만
변함없이 보고 또 봐도
보고 싶은 당신은 내 사랑

인생사 새옹지마
공수래공수거라고 하지만
세상살이 힘들고 지쳐도
우리 함께 두 손 꼭 잡고
보란 듯이
예쁘게 행복하게 살아봅시다.

바위산

퇴근 후
노란 꽃 가로수 길 따라
시골 가는 길
바위산 자락에 안개 자욱하고
먹구름 비를 뿌릴 듯
자태를 뽐내며
큰 절벽에 장송 한그루

우거진 숲으로
둘러싸여 운치 있고
낭만 가득한 아름다운
절경이 머무는 곳
내 마음도 미소 짓는데
길가에 외로이 서 있는
빨간 가로등
내리는 빗방울 방울 맞으며
슬퍼 눈물 흘린다

그 모습에 짠해진
내 마음도 비에 젖는다.

눈꽃 송이 편지

앙상한 가지 끝에
매달린 눈꽃 송이
날리듯 스쳐 가는
그임이 보고 싶어
산길을 돌고 돌아서
정처 없이 걸었네

백설의 하얀 세상
걷다가 들어가니
낯선 미로 속을
한없이 헤매네
앙상한 가지에 핀 꽃
아름답게 피었네

찬바람 부는 곳에
내 마음 접어두고
지친 몸 달래면서
나뭇잎 편지 종이
사랑해 잔뜩 적어서
훨훨 날려 보낸다.

내 사랑 멋쟁이

생각만 해도
바라만 봐도
좋은 사람아

까르르
웃을 때는
너무 멋진 당신

오로지
당신뿐인
내 마음 몰라주고

철없는 아이처럼
사랑의 조약돌만
던지는 사람아

당신을 알고
사랑을 알고
그리움도 알았네

나에겐 오로지

당신뿐인데

이러면 저러고
저러면 이러고
뽀드득거리는
당신이 미워 죽겠어

그런
내 마음 몰라주지만

보고 또 봐도
보고 싶은
당신은 내 사랑
행복하게 살아봅시다.

노을 진 낙동강

낙동강 푸른 물결
바람 따라 흐르고

나루터 불빛 따라
떠나가는 나그네

구름에 달그림자
건너는 바람 소리

가로수 사잇길에
울어대는 뻐꾸기

붉게 타는 저녁노을
기다림에 애태우고

아름답게 빛나네
진주처럼 빛나네

그대 생각

그대를 그립니다

예쁜 찻잔에
빨 주 노 초 파 남 보

어떤 색으로도
그릴 수 없어

일곱 빛깔
무지개보다 더 빛나는 모습

짙은 갈색 진한 향기

별처럼 반짝반짝
빛나지요.

고운 인연

꽃비가 내리는
그날에
소리길 언덕에
마주 앉아서
내 눈과 너의 미소
마주 보며 어느새
내 마음 설렘이었지

저 하늘의 별이라도
저 하늘의 달이라도
따 준다고 약속하며
사랑을 주고받았지
사랑할 때 행복했고
즐거웠던 두 사람
고운 인연이기에
기쁠 때나 슬플 때나
함께하면서
검은 머리 백설이 내려도
오손도손 살아가 보자.

거울 속의 삶

눈뜨면 찾아오는
나만의 작은 세상
행복을 이어주는
평생을 함께했네
중년의 행복한 여성
맑게 빛나 예쁘네

삼십 년 한결같이
지지고 볶아가는
어여쁜 손놀림을
지켜본 거울 속에
여인의 예쁜 마음씨
고스란히 비치네.

당신의 마음

띵동띵동

당신의 마음
사랑으로
활짝 열어주세요
그리고 날 보세요

당신이 닫은 마음에
내 마음 아프잖아요

오로지 당신은 나만의
콩콩콩

날이 가고 달이 뜨고
해가 바뀌어도

인생의 수레바퀴는
돌아가는데

후회 없는 선택
바뀌는 인생

두려울 것 없잖아요
내 마음 일편단심

채우려 애를 쓸수록
채울 수 없는

채워지지 않는 사랑
이 가슴엔 비가 내린다.

나의 종착지

– 작사 이지아, 작곡 강 희

한없이 가고 싶어도 머무는 나의 종착지
백일홍 활짝 필 때 실바람 타고
그날은 오시려나
하루해는 저물어 가고 어제처럼 애타게
기다리는데 어이해 왜 못 오시나
저 강 너머에 외등 불만 깜빡깜빡
비 내리는 나의 종착지

언제나 가고 싶어도 맴도는 나의 종착지
벚꽃 비 날 리 울 때 봄바람 타고
그날은 오시려나
서쪽 하늘 물들어 가면 어제처럼 애타게
기다리는데 어이해 왜 못 오시나
서산마루에 외등 불만 깜빡깜빡
비 내리는 나의 종착지.

한라산

제주도 바다
건너 저 멀리
한라산 핀 백설 꽃

아름다운 절경 바라보며
그임이 그리워라

자주 갈 수는 없지만
백록담 따라
기쁨과 행복
환희를 맛보며 걷고 싶다

출근길

천지창조 멋진 임

흰 구름
한가운데
동트는 새 아침

쌀쌀한 그 임
고개 떨구고

부끄러워서
살며시 자리 잡아

눈웃음
아름답게 짓고

앙상한 가지 사이
대롱대롱

매달려 흔들거리고

아침이슬

나뭇잎에 미끄럼타네

눈길 마주친
금호강 물도
쑥스러워 미소지으며
잔잔히 흐른다.

청춘의 봄날

노란색 산수유 향기
날리는 꽃밭에서
그대를 만나

벚꽃이 수놓은
꽃길을 걸으며

손가락 걸고
나만 사랑한다고 했지

소식도 없는
그대가 보고 싶어서

자주 갔던
라일락 나무
아래서 기다려도
향기만 날릴 뿐

행복했던 시간은
그리움이 되었네

벚꽃이 화사한 시절
내 사랑 진달래 피던
청춘을 잊을 수 없는데

새하얀 목련 꽃잎이
바닥에 떨어지네

참 은은한 향기

꿈 많은 예쁜 꽃으로
피어나

나비를 만나
사랑하며 믿고
바쁘게 사는 동안

잠시 꽃향기를
잃어버린 나날들

바람이 몰아치고
눈보라 속에서

갈기갈기 찢겨버린
꽃잎은 빛을 잃어가고

세상 모진 풍파 속에서
허우적거리고 있을 때

해님의
따뜻한 포근함 속에

다시 빛을 찾은
싱그런 꽃잎은

은은한 향기를 풍기며
서서히
넓은 세상 속으로 퍼진다.

찻잔

해맑은 너의 모습
참으로 어여쁘다
그 속에 나를 담는다

보고 또 봐도
사랑스러운 너의 모습
그 속에 푹 빠져든다

보고있어도
다시 보고픈 마음

너를 마음껏
사랑해도 되겠니

짝사랑

은은한 커피향
그리운
널
만지면
손끝이 따뜻해

입맞춤
끝에 전해지는
부드러운 숨결

심장의
고동 소리 뛰고

곁에 있지만
늘 그리운 너

오로지 너만 사랑해

질투

그대는 설렘
널 좋아해

빼앗길까 살짝
두려워 떨고 있을 때

은은한 향기로 다가온다
날 설레게 하는 그대

내가 더 많이
좋아하면 되지

달달 달콤한 쓴맛
그대가 참 좋다

보고 느낄 수 있어 더 좋다.

장밋빛 사랑

보고 싶은 그대여
애타는 마음
너와 나의 엇갈린 운명
견딜 수 없이 아픈 사랑
견딜 수 없이 슬픈 사랑

지나온 여정의 길
돌이킬 수 없는 그 세월
푸른 하늘에 한 줄기 빛으로
빛나는 별을 그릴까
그대를 그릴까 생각하다

내 마음은 그대를 그리며
당신을 닮은 예쁜 장미를 그립니다

우리 둘의 핑크빛 사연
예쁘게 물들고 사랑이 활짝 피었어요

그대에게 가는 길
장밋빛 사랑이라오.

자전거 라이딩

맑은 물 찰랑찰랑
스치는 바람결에
설렘으로 다가오면
정겨운 청보리밭
보리밭 아가씨
맨몸으로 나와서
수줍어 고개 숙이네

금오강 줄기 따라
운치는 흘러가고
낭만은 하늘하늘
수양버들 춤춘다

춤추는 가지마다
새들이 속삭이고
꽃들이 노래하는
자전거 라이딩길

잠자리 한 쌍 나와
웃으며 반겨 주네

제5부

엄마의 노래

음표

도화꽃을
좋아하는 아가씨
레몬 맛을 아시나요

미소짓는 꽃처럼
방긋방긋 웃는 여자 아니랍니다

파도처럼
풍랑을 이겨내며
당당하게 살아가는 멋진 여자랍니다

솔솔 부는 바람에
긴 머리 휘날리며 콧노래 부르며
라인 잡고 어딜 가시나요

시시콜콜한 모습 보이지 말아요

도도하고 멋지게
비단결처럼 눈부시게
행복하게 살아갑시다.

인생은 직진

인생길은 세 갈래 길
앞길도 있지만
뒤도 돌아보지 말고
옆길도 보지 않는
너와 나의 만남은
앞만 보고
직진하는 길로 갑시다

가지 많은 나무는
바람 잘 날 없지만
수많은 유혹에도
흔들리지 않고서
돌고 돌아 만나는 원점
앞만 보는 사랑의 미로

인생은 나그넷길에
세상사 마음먹기 나름
꽃길도 있고
가시밭길도 있지만
끝없이 가노라면
모두가 술술 풀릴 테니까

원하는 대로 바라는 대로
모두 다 지나갈 테니까
이제는 아무 걱정 하지 말아요.

이름 바꾸고

늘 곁에서
함께 했고
즐겁고 기쁠 때 미소 짓던 너이기에
행복한 나였다
수많은 세월 속에
곁에서 위로가 되어주던 정든 널
말없이 떠나보내고

아쉬우면 간직하며
돌아선 내게
또 다른 사랑이
손짓하며 살며시 다가와
미소 지으며
활짝 웃는 얼굴로 선 너

꿈같은 행복
살며시 불러본다
알지 예쁠아 지아라고
참 좋다

이름 풀이 좋아서

기분이 들썩이네

중년의 여성으로
지식이 겸비되고
얼굴도 예쁘지만
마음씨 천사 같아

새 이름 알지
예쁘게 거울삼고
한평생 곱게 곱게
축복을 받으며 베풀고 살리라.

윙크하는 가로등

옷깃을 여미게 하는
쌀쌀한 공기가 흐르는
이른 아침

소란스러운 발걸음 소리에
아침을 연다

저 멀리 잿빛 구름
수평선 그어놓고 놀고 있다

손에
잡힐 듯 잡힐 듯하건마는
잡히지 않는 물안개
스멀스멀 피어오른다

오롯이 서서
고개 숙이며 누렇게 익어가는
벼들은 머리가 무거운 듯 숙여

새 아침을 맞이하는
기쁨에 안녕하며 속삭이고

여기저기 서 있는 가로등
빨간 눈으로 파란 눈으로
번갈아 윙크하며 반겨준다.

우리 엄마

애처롭고 가여우신 우리 어머니
꽃다운 이팔청춘 신랑 얼굴도 모른 채
청사초롱 불 밝히시어

손에 물 마를 날 없이 일 년 삼백예순다섯 날
아궁이 군불 지펴 가마솥에 새벽밥 지으시었네

하얀 두건에 덮인 큰 바구니엔
갓 따 담은 채소와 꽁보리밥
누룩 막걸리 마신 양은주전자
가을 들녘에 쉴 틈도 없이 드나듭니다

풋고추에 된장 쿡 찍어 찬밥 한술 뜨면
아궁이 부지깽이 벌건 불빛에
석양이 곱게 물들어 갑니다

깊고 깊은 적막한 밤 밤을 잊으시고
무명삼베 지으며 철커덕철커덕
쉼 없는 아이들의 울음소리에
이 자식 저 자식 한결같이 보살피다가
노루잠 주무시었네

달뜨는 밤이 되면 촛불 밝혀 정화수
떠 놓고 못난 자식 잘되라고
두 손 모아 간절히 비시던 어머니의
모습을 어찌 잊으리오

자식을 낳고 가르치고 기르시며
한평생 자식 돌보는 정성에 정작
본인은 잊어버리고 사신 어머니

인자하던 눈빛이 잔주름만 흘러
어머니의 세월이 힘든 것을 말해주고 있어요

여인의 저녁노을 서산에 기우는데
마음만 안타까운 돌아 킬 수 없는데
불효자식 눈물만 쉬지 않고 흐르네

편안하게 사소서

연가

연못가에 피어난
싱그런 연꽃이여

도란도란
옛이야기 들으며

시간 가는 줄 모르고
행복한 미소짓는

당신 바라보면
웃음이 절로 난다

세상이 온통
어여쁜 핑크빛으로 물들고

사랑이 그대 가슴에
활짝 피어 무지개 뜰 때

당신의
눈빛과 미소는
나를 설레게 한다

그대와 나 보고있어도
나는 당신 바라기

소중한 순간들
당신은 나의 태양

서로의
말에 귀 기울이며

지금 이대로
내 마음속에서
살아가는 의미로 남아
사랑 노래 불러줘.

오봉산 낙조

동산에 올라
큰 바위에 걸터앉아
걸어온 세월 속에 발자취
인생의 수레바퀴는
돌고 돌아가는데
늘 변하지 않는 현실
오늘도 내일이 되면
추억으로 남겠지

한순간 순간까지
소중하고 귀하게
생각하며 한평생
아름답게 익어가자
햇빛을 받아 붉게 물든
서산에 낙조가
얼굴이 더 예뻐라

저 산 너머 새로운
소식이 오는 길 있겠지

여름 편지

비가 내리더니
해님이 활짝
얼굴을 내민다

하늘에 빛나는
일곱 빛깔 무지개
가슴속에 간직하고
맑은 하늘에
나뭇잎에 적은 편지
길동무에게 보낸다

엄마꽃

이름만 들어줘
가슴이 아려요

그리워 불러보는
그 이름 친정엄마

철부지로 자라면서
해드린 것 하나 없고

밤을 낮 삼아
온갖 고생 하시던
우리 어머니

세월에 짊어진
자식 걱정에
눈물로 얼룩진 나날들

검은 머리엔
세월에 바랜 듯
흰 머리카락에
듬성듬성한 머리숱

고왔던 얼굴엔
세월이 앗아간
깊이 팬 주름만 가득해

어머니의 모습을
볼 때마다
자식은
괜스레 눈물이 납니다

기력이 빠져
아기가 되어버린
엄마의 해맑은 모습

흰 백합꽃이 되어
아기 천사 꽃으로 피었어요.

엄마의 노래

꽃다운 이팔청춘
무엇이 그리 급해
얼굴도 모르는 채
시집온 그 옛날에
날마다 바쁜 나날들
허덕이던 어머니

새벽밥 지으시며
아궁이 부지깽이
뜨겁게 불사르며
하루를 보내시면
서산에 해가 걸리고
석양 하늘 물들다

깊은 밤 무명 삼베
어여쁜 아이 낳고
자녀들 돌보느라
자신을 모두 잊고
동녘에 해가 뜨는 잠
떠날 줄을 몰랐네

술래잡기

그리움은
달콤한 사랑에
퐁당 빠져
활짝 웃으며
자취를 감추고
행복은
놀러 와 미소 짓더니

눈을 감아도
보이는 곳에
숨어버린 그리움
그리운 사랑아
웃는 행복아
내 품에
잠들 날 그리며

꼭꼭 숨어라
사랑아
뚜껑이 없는 찻잔 속에

어린 시절 나는 이랬지

어릴 때
마당 넓은 집에 살 때
한쪽에
감나무 한그루 있었지

감나무에
주렁주렁 열리면
엄마가 따 주신
홍시 하나둘
터뜨려 먹으면서

담장 옆에 있던
볏짚 속 동굴에 들어가
동생들과 숨바꼭질
하였지

배고픈 시절 먹던
라면도 맛있었지
아직도 그 맛을 잊을 수 없네

봄바람 살랑살랑 불면

산에 올라
진달래 철쭉꽃 꺾어
책상 위에 활짝 피어
나 보고 방긋방긋 미소지으면
내 마음도 예쁜 꽃이 되었지

쑥 달래 냉이 얼굴 내밀면
콧노래 부르며
바구니에 캐어 담았지

지난날의 추억을
떠 올리며 잊지 못하네

삶의 무게가
힘들고 지쳐도
스스로 토닥이며 사는 인생

그리움 안고 살아가는
인생은 그렇게 흐르나 보다.

안개비

소리 없이
내리는 안개비

세상은
잿빛 속에 물들고

캄캄한
회색빛 하늘은
가까운 곳도
어슴푸레 보일 뿐

코끝을 간지럽히는
꽃향기에 취한다

싱그런 꽃잎 속에
영롱한 이슬
방울 방울이

또르르 굴러가며
눈물 머금어

행복한 세상 만난 듯
대롱대롱 매달려
윤슬처럼 빛난다

예쁜 미소를 짓던
해님이
고개를 내미는데

예쁘단 말 한마디에
내 눈을 붙잡는

비 온 뒤 밝은
세상은 눈부시다.

시끌 풍경

하늘과 맞닿은듯한
산 중턱에
스멀스멀 안개 피어오르고

새벽비
맞은 녹음
푸른 빛 더해가네

잿빛 하늘은
금방 눈물을 뚝뚝
흘릴 것처럼
잔뜩 찌푸리고

이른 새벽
아무도 없는 거리 시원한 바람이
차창 가를 두드리며
다가와
살결에 닿는 순간

설렘은
행복으로 젖어 들고

자연의 위대함 앞에
고개 숙여지는 날

길가에 무궁화 꽃 백일홍
활짝 피어
참 좋은 아침
가는 길 잘 가라고
배웅해 주지요.

소리길

새소리 물소리 바람 소리
들리는 냇가
따뜻하고 포근한 어머니
품속 같은 큰 바위에 걸터앉아

찬란한 태양이 비치는
영롱한 물속에
쑥하고 얼굴을 내밀어 본다

맑은 물속에 보이는 얼굴
거울 속에 비친 내 모습
그저 마냥 예쁘고
행복하기만 하다

초록으로 물든 이끼와
돌멩이 사이를 줄지어
다니는
물고기 떼들의 분주함은
삶의 희망이고 보람이려나.

새벽길

새벽을 깨우는
성당이 종소리
은은하게 들리는데
어둠에 빛을 내리는
빨간 십자가는
고결한 모습이다

반짝이는 보석처럼
빛나는 가로등
입을 꼭 다문 채 지나가는
네 바퀴의 불빛
활짝 웃는 미소

대열 속에서
살아있음에 감사하며
오늘도 달려가는
긴 터널은 인생길이다.

서러운 날

그 임의 은은한 향기
다정했던 그 미소
지금은 어디메뇨
꽃처럼 곱디고운
사랑 열매 주렁주렁
익어가는데
큰 별이 되신 임이여

벚꽃이 만개했던 때
꽃길 따라 다시 돌아오지 못할 길
가시는 걸음걸음
굽이굽이
활짝 핀 꽃 잎 보면서
울다가 웃다가
웃다가 울며
그임을 모신 뒤
돌아서는 탐스러운
열매들
그리움만 남아
갈기갈기
찢어지는 마음

임이여 임이여
불러도 대답 없고
때늦은
후회해도 소용없네
다시 돌아오지 않는
멀고 먼 곳에
그임을 모셔두고

돌아서는
죄인의 발걸음 따라서
꽃비가 내리네
임이여 안녕 안녕히
천상에서
큰 별이 되어 반짝반짝 빛나시고
편히 쉬소서
내 사랑하는 임이여.

사랑

벚꽃이 가로수길을
수놓은 봄날
벚꽃길 돌계단 아래에서
우린 처음 만났지

소리 없이 다가온
사랑스러운 그 눈빛 잊지 못해
그대의 매혹적인 그 눈빛에
난 가슴만 두근두근
사랑의 불씨는
시간이 갈수록 불타오르고
잠 못 이룬 나날들은
늘어만 가던 날
사랑하고 있나 봐요

만나지 못해
애타는 마음에
사랑의 꽃 마음
불 켜진 작은 찻집에
홀로 앉아서
창밖에

나부끼는 나뭇잎 보면서
허전한 마음
달랠 길 없어 눈을 감는데
난 어쩌면 좋아요

어젯밤 꿈속에 주고받던
밀어가 떠오르고
그리움으로 물드는데
먼 산에 흐르는 구름을 바라보니
눈물이 핑 도네요
그댈 사랑해도 되나요

보고파 그리워서
쓸쓸히 걷는 가로수길

빛 밝히는 가로등

저 높은 곳에
담소를 나누며
반짝반짝 빛나는 별

어두운 밤하늘에
예쁜 수 놓으며

아름답게 장식하고
수정처럼 빛나네

별똥별
가로지르며 떠나는
급한 사연은
임의 소식이려나

밤하늘의
아름다움
북 두 칠 성 보이지 않아
애타는 이 마음

깊은 밤에

별들이 잠들어가고

희미한 빛을
내며 졸고

깊어가는 어둠 속에
빛을 밝히는 가로등
오늘도
나 여기서 있다.

산다는 것은

요지경 속
인생사 아웅다웅
보이는 게 전부는 아니라오

인생이 별 거 있나
공수래공수거인 것을

지나간 아픔일랑
저 강물에 던져버리고
고난과 슬픔이 나를
에워싸도 포기하지 않으렵니다

행복은 마음먹기 달렸다오
함께 걸어가는 길
그것이 인생입니다

□ 서평

인생의 행복을 찾아가는 사랑 노래

– 이지아 두 번째 시집 『첫 느낌』

최 봉 희(시조시인, 평론가, 글벗 편집주간)

삶에 있어서 문학은 인생에 대한 재발견이다. 다시 말해 인생은 살아가면서 탐구하는 것이다.

그렇다면 내 인생의 가장 소중한 가치는 무엇일까? 소월 시 문학상과 정지용 문학상을 수상한 정호승 시인은 인생의 가장 중요한 가치는 '사랑'과 '고통'이라고 말한다. 그는 "인생이란 지구라는 작은 별 위에서 펼쳐지는 여행이자, 사람의 마음속을 나아가는 여행"이라고 했다. 특히 기쁨과 슬픔, 절망과 희망 등 수많은 가치가 산재한 마음속에서 가장 중요한 가치인 '사랑'을 찾아내야 한다고 목소리를 높인다.

프랑스의 피에르 신부가 남긴 말이 떠오른다.

"삶이란 사랑하는 법을 배우기 위한 얼마간의 자유시간이다."

짧은 인생 속에서 반드시 배워야 할 가치가 있다면 사

랑하는 법이 아닐까?

이지아 시인은 대구에서 활동하는 가수이자 시인이다. 이지아 시인은 첫 시집 『오봉산 아가씨』를 출간한지 1년만에 두 번째 시집 『첫 느낌』을 출간한다.

이지아 시인은 자신의 시로 노래하는 시인이다. 시인은 자신의 이야기를 시로 쓰고 노랫말을 만들어 본인이 직접 노래를 부른다.

이지아 시인의 시의 특징을 한마디로 말한다면 '인생과 사랑을 탐구하며 노래하는 시인'이다. 그의 시 작품 대부분은 노래로 만들어서 세상에 발표하고 있다. 그중에서 눈길을 끄는 작품은 「인생」과 「첫 느낌」이다. 그의 두 번째 시집의 표제시(標題詩)인 「첫 느낌」을 감상해 보자.

그대를 만나던 그날
첫 느낌이 왠지 좋았어
인연일까 운명일까
설레는 이 마음
말 못 하는 이 심정
너무 부끄러워
눈을 감아도 떠오르는 그 얼굴
보고 있어도 멀리 있어도
언제나 함께이지만
그날의 첫 느낌은
이내 가슴에

사랑의 꽃을 피웠어요
— 시「첫 느낌」 전문

표제시 『첫 느낌』 역시 강희 작곡가와 함께 노래로 만든 시 작품이다.

임을 만나는 그날, 설렌 마음으로 부끄러워 말 못 하는 마음을 시로 담은 노래다. 눈을 감아도 떠오르는 임과의 만남이 인연과 운명으로 다가온 설렘을 노래하고 있다.

그의 시와 시조에는 항상 인생의 깨달음이 있다. 수많은 인연을 만나면서 추억이 생기고 그리움이 생겨난다. 그래서 그의 노래는 인생의 노래요, 사랑의 노래인 것이다.

이지아 시인이 두 번째 시집 『첫 느낌』의 주된 감성의 핵심은 '인생, 사랑, 행복'이다. '인생'이란 시어는 17회, '행복' 37회, '사랑'은 72회 등장한다. 시적 자아가 인생의 가치를 사랑에서 찾듯이 이지아 시인의 시는 사랑이라는 삶의 행복을 음악으로 끌어안는 것이다.

인생길 험한 길에
우여곡절 많고 많지만
시련이 밀려와도
나는 나는 두렵지 않아
살다 보면 해 뜰 날 올 테니

이제는 아무것도 생각을 말자
빈손으로 왔다가 빈손으로
가는 것이 인생인 것을
이래도 한세상, 저래도 한평생
노래에 인생 걸고 멋지게
아주 멋지게 살아갑시다.
– 시 「인생」 전문

시인은 행복한 인생을 꿈꾼다. 미국의 최고 경영자인 빌 게이츠와 워런 버핏의 "진정한 성공이란 가까운 사람들로부터 사랑받는 것"이라고 말한다. 물질적인 가치를 넘어서는 궁극적인 삶의 목표가 바로 '사랑'이라는 것이다.

사랑을 완성하기 위해서는 '행복'이 빠질 수가 없다. 그 행복은 고통의 인내와 역경을 이겨내야 한다. 시인은 인생을 비우고 채우면서 아낌없이 주는 삶을 선택한다. 바로 선인장처럼.

어여쁜 천년초
자신을 지키기 위해
돋아난 가시인가

하나의 꽃을 피우기 위해
오랜 세월 뙤약볕에 몸을 지키고
아름다운 꽃을 피우듯

삶이 모진 풍파 어려운 역경을 딛고
살아가는 방법이 가지각색일진대
살다 보면 억울한 일도 있고
가슴 아파 울기도 하지만
행복이 별거인가요
웃으면 행복이지

잠시 머물다 가는 인생살이
비우고 채우면서
상처를 남기지 말고
아낌없이 주는 선인장처럼
흐르는 물처럼
즐겁게 살아가 보자
- 시 「선인장」 전문

시인은 행복을 '고통을 이겨낸 웃음'에서 찾는다. 그의 시집 본문에서 쓰인 '웃음'이란 어휘는 13회 정도 등장한다. 그의 삶은 어쩌면 웃음이 있는 긍정의 삶을 살고 있다고 말하고 싶다.

유리창에 찬란하게
빛나는 아침 햇살이
눈부셔 마음을
흠뻑 빼앗기고 있을 때

가로수 사이사이

해님이 마중 나와
활짝 웃으며 속삭인다

오늘은 더 멋진 날
행복이 가득할 거라고
– 시 「행복」 전문

두 번째 시집은 첫시집 『오봉산 아가씨』와는 달리 이미지나 직설적인 심정 토로보다는 한결 쉬운 시어와 운율, 감성을 염두에 두고 쓴 서정시가 대부분이다. 시집의 전반적인 분위기는 낭만적인 설렘, 그리움, 웃음 등이 주를 이루고 있다.

눈부신 고운 빛
파란 하늘

솜털 구름 속에
하얀 눈 꽃잎은
사랑을 속삭이고

저 멀리 외로운 섬 비양도
숨어 있는 하얀 그리움 하나

검푸른 파도가
물결 되어 수 없이 휘돌아
바위에 부딪히며 간지럽히니

바다가 웃고
하늘은 배꼽 잡고 웃네

수평선 넘어 갈매기 떼
춤추며 노래하네
– 시 「제주 나들이」 전문

김수환 추기경은 "사랑 없는 고통은 있어도 고통 없는 사랑은 없다"라고 말한 바 있다. 포도가 짓밟히지 않으면 포도주가 될 수 없는 것처럼 포도주의 향기는 곧 고통의 향기이며 발효라는 성취를 위한 과정이다.

산기슭 여기저기
잔설이 남아있고
파란 하늘에
불어주는 잎샘 바람

산골짜기
양지바른 언덕 위에
쭉쭉 뻗은 흰 수피
자작나무 숲에 자태를 뽐내듯
나란히 줄지어 서 있고

굽이마다 돌고 돌아
예쁜 오솔길엔

진달래 개나리 웃으며
나를 반기네

하늘에 한 조각
그림 같은 무지갯빛
살포시 깔아두고

산 중턱 바위틈 사이에
새싹들이 신선한 초록으로
예쁘게 수를 놓으며
방긋방긋 웃는데

아지랑이 실려 오는
봄바람에 피어나는
꽃들의 향연

지난날 옛 추억에
그리움이 물드는 봄
– 시 「봄 마중」 전문

그의 인생은 설렘이 있고 그리움이 있는 봄 마중처럼 기다림이 있는 사랑이다. 천년이 가든 만년이 가든 힘겨운 기다림이지만 설렘으로 어렵고도 힘겨운 역경을 이겨낸 연분홍빛 사랑이다.

찬 눈보라 속에서

방울방울 맺힌
핑크빛 천사야

널 바라보아도
보고 있어도
싱그러운 너의 모습

어려운 역경 속에서
꿋꿋하고 당당하게
핀 그대 모습

손대면
터질 것 같은
봄 처녀 설렌 가슴

연 분홍색 사랑이
넘치는 봄날에
내가 사랑해도 되겠니
- 시 「설렘」 전문

고려 시대 연못에 묻혀 있다가 발굴되어 700년 만에 다시 꽃을 틔운 '아라홍련'이 있다. 수백 년의 고통 끝에 성취를 거둔 연꽃처럼 행복도 고통을 감내해야 한다는 것이다.

요지경 속

인생사 아웅다웅
보이는 게 전부는 아니라오

인생이 별 거 있나
공수래공수거인 것을

지나간 아픔일랑
저 강물에 던져버리고
고난과 슬픔이 나를
에워싸도 포기하지 않으렵니다

행복은 마음먹기 달렸다오
함께 걸어가는 길
그것이 인생입니다
- 시 「산다는 것은」 전문

산다는 것은 자신의 삶의 목표를 향해 포기하지 않고 달려가는 것이다. 행복은 마음 먹기에 달렸다. 더불어 함께 사는 인생이다.

겨울이 지나고 봄이 오니
어린 새싹으로 돋아나서

싱그럽고 눈부신
푸른빛을 보여주니

한참을 들여다보고 있어도
예쁘고 사랑스럽구나

거름이 되어서 흙 내음 맡으면
웃음꽃으로 활짝 피어나서

가지에 새들이 노래하고
바람이 연주한다

밝은 세상의 빛이 되어
자기 몫을 다하는 너는 참 예쁘다

너를 만난 나는 행복한
마음에 젖는다
- 시 「호접란」 전문

꽃 피는 봄이 오면 웃음꽃도 피어난다. 가지의 새들이 노래하고 바람도 연주한다. 시인은 아름다운 자연을 만나서 행복을 노래한다.

붉은 노을빛 물드는
봄바람에 살랑살랑
휘날리는 꽃잎 아씨

새하얀 무꽃 송이

노란 유채꽃 애기씨

옹기종기 모여든
꽃들의 향연
들판 가득히 잔잔하게
들려오는 꽃들의 웃음소리

다닥다닥 귓전을 두드리고
이름 모를 꽃들도
놀러 와서 함께 노래 부른다

멀리 해님의 웃음소리 들린다
- 시 「무 유채꽃」 전문

꽃들이 모여 사는 삶의 정원에는 웃음 소리를 듣고 다른 꽃들도 놀러 오기 마련이다. 그뿐인가. 함께 노래 부른다. 희망이 싹 트고 웃음이 번지며 행복이 다가오는 것이다.

우리가 만나던 날
하늘이 웃어주며
해맑은 마음속에
우리를 축복했지
한솥에 밥을 먹었고
원앙금침 펼쳤지

평생을 보살피며
한마음 활짝 열고
사랑을 노래하는
어여쁜 내 임이여
세상이 끝날 때까지
그대만을 품으리.
– 시 「사랑꽃 활짝 피는 날」 전문

사랑하는 이를 만나는 날은 사랑꽃이 활짝 피는 날이다. 사랑의 한마음을 활짝 열고 사랑을 노래하는 시인에게는 행복의 날이다. 오롯이 사랑을 품고, 행복을 누리면서 인생을 노래하는 것이 아니겠는가.

그리움은
달콤한 사랑에
퐁당 빠져
활짝 웃으며
자취를 감추고
행복은
놀러 와 미소 짓더니

눈을 감아도
보이는 곳에
숨어버린 그리움
그리운 사랑아
웃는 행복아

내 품에
잠들 날 그리며

꼭꼭 숨어라
사랑아
뚜껑이 없는 찻잔 속에
- 시 「술래잡기」 전문

인생은 술래잡기다. 그리움은 달콤한 사랑에 빠져서 자취를 감추면 행복이 놀러 와서 미소를 짓는다. 사랑도 행복도 웃음도 우리 곁에 있다. 긍정의 힘으로 찾으면 눈에 보이는 법이다. 눈을 감아도 사랑과 행복은 보이는 곳에 숨어 있다. 뚜껑 없는 찻잔 속에 숨어 있는 행복을 찾아서 시인은 노래한다.

다만 바라는 점이 있다면 생각하는 시, 곧 읽는 시에서 노래하는 시가 되어서 많은 대중들과 함께 호흡하는 시인으로 성장하길 바란다. 그것은 바로 시인이 독자를 만나는 시인의 길, 가수의 길을 걸으면서 사회를 연결하고 삶을 회복하는 행복의 길을 걷길 소망한다.

아버지가
주신 이름으로 살다가
새로 지어 바꾼 이름

그 이름 뭔 줄 아시나요?

알지(知) 예쁠아(娥)

지식도 많고
마음씨도
예쁜 여자랍니다
– 시 「새 기분 멋진 이름」 전문

시인은 이제 지아(知娥)라는 멋지고 새로운 이름을 이미 얻었다. 지식도 많고 마음씨도 예쁜 이름, 이제 사랑과 행복을 누리면서 멋진 인생을 살아가려는 삶의 의지가 아니겠는가.

결론적으로 작가의 삶은 아름다운 문학의 재료다. 자신의 삶을 차분히 관찰한 후에 경험한 그것을 차분히 묘사할 때 시가 되고 노래가 된다. 시가 음악을 끌어안으면 사랑을 노래하는 시인, 인생에서 진정한 행복을 찾아서 그 행복을 노래하는 시인, 바로 이지아 시인만이 추구하는 아름다운 인생이고, 또다시 살아가는 참 행복인 것이다.

그의 두 번째 시집 출간을 다시금 축하하고 응원한다. 더불어 그의 아름다운 노래가 온 누리에 행복으로 널리 퍼지길 소망한다. 그의 건승을 기원한다.

■ 글벗시선 205 이지아 두 번째 시집

첫느낌

초판 발행일 2023년 5월 10일
개정판 발행일 2023년 10월 14일
지 은 이 이 지 아
펴 낸 이 한 주 희
펴 낸 곳 도서출판 글벗
출판등록 2007. 10. 29(제406-2007-100호)

주 소 경기도 파주시 와석순환로 16,(야당동)
롯데캐슬파크타운 905동 1104호
홈페이지 http://guelbut.co.kr
E-mail juhee6305@hanmail.net
전화번호 031-957-1461
팩 스 031-957-7319

가 격 12,000원
I S B N 978-89-6533-266-4 04810